智慧魔方大挑战

最劲爆
的谜语

崔钟雷　主编

知识出版社

前言 FOREWORD

　　书是钥匙，能开启知识之门；书是阶梯，能助人登上智慧的高峰；书是良药，能医治愚昧之症；书是乳汁，能哺育人们成长。让我们在好书的引导下，一起探寻知识的奥秘……

　　《智慧魔方大挑战》旨在帮助小学生们在打牢知识基础的同时，不断培养他们勤于思考、善于思考的能力，从而为今后的学习和生活打下良好的基础。本套丛书共20册，其中《一本不能错过的谚语书》《你没有读过的歇后语》通过生动有趣、形象简洁的文字描述，可以使小学生们从中体会深刻的道理；《根本停不下来的成语接龙》《让你疯狂点赞的成语接龙》可以培养小学生们成语初步应用的能力和提升成语活学活用的能力；《扩充你的脑容

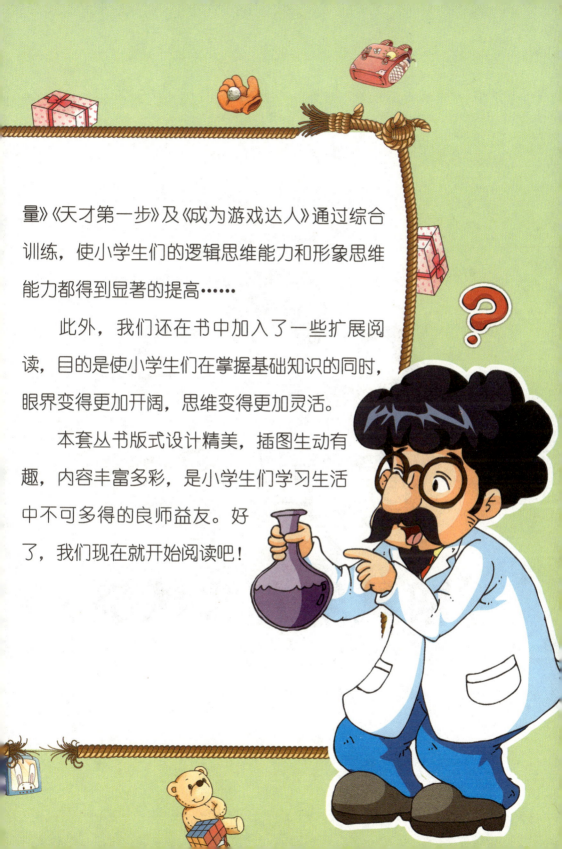

量》《天才第一步》及《成为游戏达人》通过综合训练，使小学生们的逻辑思维能力和形象思维能力都得到显著的提高……

此外，我们还在书中加入了一些扩展阅读，目的是使小学生们在掌握基础知识的同时，眼界变得更加开阔，思维变得更加灵活。

本套丛书版式设计精美，插图生动有趣，内容丰富多彩，是小学生们学习生活中不可多得的良师益友。好了，我们现在就开始阅读吧！

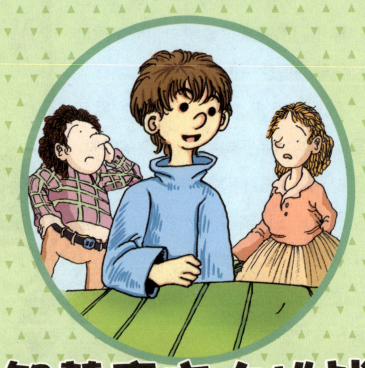

智慧魔方大挑战

xiǎo xiāng zi sì fāng fāng
小箱子，四方方，

tú xiàng lǎ ba lǐ miàn cáng
图像喇叭里面藏。

àn kāi guān lǎ ba xiǎng
按开关，喇叭响，

bō fàng xīn wén hé bǐ sài
播放新闻和比赛，

chuán bō zhī shi tā bāng máng
传播知识它帮忙。

（打一家用电器）

xiǎo xiǎo jī qì xiàng diàn shì
小小机器像电视，

néng kàn xīn wén chá xìn xī
能看新闻查信息，

huì fā yóu jiàn wán yóu xì
会发邮件玩游戏。

jiàn pán shǔ biāo hé yīn xiāng
键盘鼠标和音箱，

dōu shì tā de hǎo xiōng dì
都是它的好兄弟。

（打一电子产品）

yì zhī māo zhēn qí guài
一只猫真奇怪，

zāng zāng de jìn qù
脏脏地进去，

gān jìng de chū lái
干净地出来。

（打一家用电器）

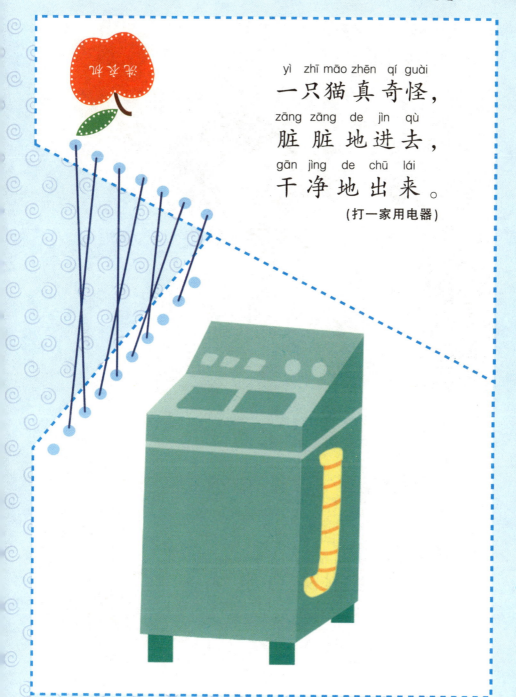

7

xiǎo fáng zi　　bīng bīng liáng
小房子，冰冰凉，

guā guǒ shū cài lǐ bian cáng
瓜果蔬菜里边藏。

liǎng shàn mén　　méi yǒu chuāng
两扇门，没有窗，

wū wài shì jiè nuǎn yáng yáng
屋外世界暖洋洋，

wū li guà zhe bái bīng shuāng
屋里挂着白冰霜。

（打一家用电器）

最勁爆的谜语

yǒu duǒ huā　rén rén ài
有朵花，人人爱，
yǒu shí bì　yǒu shí kāi
有时闭，有时开。
yǔ tiān kāi zài dà jiē shang
雨天开在大街上，
huā gēn jiù zài shǒu li zāi
花根就在手里栽。
（打一生活用品）

猜谜

tā shì nǐ de xiǎo huǒ bàn
它是你的小伙伴，

yì tiān dào wǎn bù tíng xián
一天到晚不停闲，

cuī nǐ qǐ chuáng qù shàng xué
催你起床去上学，

quàn nǐ bú yào shuì lǎn jiào
劝你不要睡懒觉。

（打一生活用品）

yí gè lǎo hàn
一个老汉，

jiān shang tiāo dàn
肩上挑担。

bàn shì gōng zhèng
办事公正，

cóng bù piān tǎn
从不偏袒。

（打一称量工具）

天平

tiě xiǎo gǒu　　shǒu mén kǒu
铁小狗，守门口，
zhǔ rén chū mén tā bì zuǐ
主人出门它闭嘴，
zhǔ rén huí jiā tā kāi kǒu
主人回家它开口。
（打一生活用品）

kuā tā yǒu yǎn lì
夸它有眼力，
bú biàn dōng hé xī
不辨东和西。
dài zhe zǒu tiān xià
带着走天下，
fāng xiàng yǒng bù mí
方向永不迷。
（打一指示方向工具）

指南针

锁

liǎng xiōng dì
两 兄 弟，

yí yàng cháng
一 样 长，

zuò hǎo cài
做 好 菜，

tā xiān cháng
他 先 尝。

（打一餐具）

yí gè què zi
一个雀子，

fēi shàng zhuō zi
飞上桌子。

wǒ zhuā tā wěi ba
我抓它尾巴，

tā zhuó wǒ zuǐ ba
它啄我嘴巴。

（打一生活用品）

矮个子，桌上站，
ǎi gè zi　　zhuō shang zhàn

要看书，有它伴。
yào kàn shū　　yǒu tā bàn

我要去睡觉，
wǒ yào qù shuì jiào

它先闭上眼。
tā xiān bì shàng yǎn

（打一照明工具）

pán zhe xiàng tiáo lóng
盘着像条龙，

zuǐ li tǔ huǒ shé
嘴里吐火舌。

fēi chóng jiàn tā pà
飞虫见它怕，

yí yè wú yǐng zōng
一夜无影踪。

（打一生活用品）

xiǎo huà bǐng　　zhēn qí guài
小话柄，真奇怪，

ěr duǒ zuǐ bā lián yí kuài
耳朵嘴巴连一块。

ná qǐ huà bǐng wèn shēng hǎo
拿起话柄问声好，

xiāng gé qiān lǐ tīng de jiàn
相隔千里听得见。

（打一通迅用具）

yí wù shēng lái xiāng pēn pēn
一物生来香喷喷，

bǎo bǎo shǒu shang fān yòu gǔn
宝宝手上翻又滚。

xǐ xi xiǎo shǒu tā bāng máng
洗洗小手它帮忙，

chú diào huī chén hé xì jūn
除掉灰尘和细菌。

（打一生活用品）

liǎn er wān wān xiàng yuè yá
脸儿弯弯像月牙，

yì pái yá chǐ yòng tú dà
一排牙齿用途大。

tiān tiān zǎo chen tóu shang pá
天天早晨头上爬，

xǐ huan zhěng lǐ cháng tóu fà
喜欢整理长头发。

（打一生活用品）

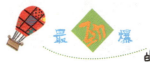

bú shì jú zi bú shì dàn
不是橘子不是蛋，
yòng shǒu yì tuī jiù huì zhuǎn
用手一推就会转。
bú yào kàn tā gè tóu xiǎo
不要看它个头小，
zài zhe dà hé hé dà shān
载着大河和大山。

（打一教学仪器）

liǎng kuài bō li yí xiàn qiān
两块玻璃一线牵，

zhào zài liǎng zhǎn dēng shàng miàn
罩在两盏灯上面。

suī shuō yé ye nián suì gāo
虽说爷爷年岁高，

kào tā hái bǎ zhī shi tiān
靠它还把知识添。

（打一生活用品）

最劲爆的谜语

xiǎo xiǎo sào zhou
小小扫帚，
yì shǒu ná láo
一手拿牢。
bái shí fèng li
白石缝里，
tiān tiān dǎ sǎo
天天打扫。

（打一生活用品）

mián mián bú duàn shān lián shān
绵 绵 不 断 山 连 山，

héng shān shù shān píng dǐng shān
横 山 竖 山 平 顶 山。

cè yàn shì lì lái kàn shān
测 验 视 力 来 看 山，

kàn wán dà shān kàn xiǎo shān
看 完 大 山 看 小 山。

（打一测量用具）

yǒu bì méi yǒu shǒu
有臂没有手，

yǒu jǐng méi yǒu tóu
有颈没有头。

yè jiān suí rén xiē
夜间随人歇，

bái tiān suí rén zǒu
白天随人走。

（打一服饰）

yí hù jǐ kǒu rén
一户几口人，

gè yǒu gè de mén
各有各的门。

shéi yào jìn cuò wū
谁要进错屋，

jiù huì xiào sǐ rén
就会笑死人。

（打一服饰用品）

jiān tóu xiǎo zi liàng jīng jīng
尖头小子亮晶晶，
pì gu shàng miàn zhǎng yǎn jing
屁股上面长眼睛。
（打一生活用品）

yí wù sān kǒu
一物三口，
yǒu tuǐ wú shǒu
有腿无手。
shéi yào méi tā
谁要没它，
nán jiàn qīn yǒu
难见亲友。
（打一服饰）

yí wù shēng de qiǎo
一物生得巧，
zǒng zài rén zhī shàng
总在人之上。
rì lǐ yí dù máo
日里一肚毛，
yè lǐ kōng dù áo
夜里空肚熬。
（打一服饰）

liǎng zhī xiǎo xiǎo chuán
两只小小船，
tóng qù yòu tóng huán
同去又同还。
tiē zhe dì miàn xíng
贴着地面行，
shuì jiào zài chuáng qián
睡觉在床前。

（打一服饰）

jìn mén péng tóu gòu miàn
进门蓬头垢面，
chū mén shén qì huó xiàn
出门神气活现。
diū le bù shǎo dōng xi
丢了不少东西，
zì jǐ hái yào péi qián
自己还要赔钱。

（打一日常行为）

27

xiǎo jià zi　　bù qǐ yǎn
小架子，不起眼，

xiàng gè shào bīng mén qián zhàn
像个哨兵门前站。

xié wá wa　　zuò huǒ bàn
鞋娃娃，做伙伴，

dà xié xiǎo xié tā dōu guǎn
大鞋小鞋它都管。

（打一生活用品）

wǒ hé bō li yǒu diǎn xiàng
我和玻璃有点像，

shēn chuān yín yī shǎn shǎn liàng
身穿银衣闪闪亮。

rén men ruò xiǎng yí biǎo měi
人们若想仪表美，

quán dōu kào wǒ lái bāng máng
全都靠我来帮忙。

（打一生活用品）

镜子

yí dùn chī bǎo zǒng bù jī
一顿吃饱总不饥，

liǎng rén xiāng sī wǒ quán zhī
两人相思我全知。

tīng jìn yǒu rén zhī xīn huà
听尽友人知心话，

bú zài rén qián lùn shì fēi
不在人前论是非。

（打一生活用品）

yì zhī mián yáng sì zhī jiǎo
一只绵羊四只角，

rì lǐ è lái yè lǐ bǎo
日里饿来夜里饱。

rè tiān méi tā hái néng guò
热天没它还能过，

lěng tiān méi tā shòu bu liǎo
冷天没它受不了。

（打一生活用品）

yí shàn méng lóng tòu shā chuāng
一扇朦胧透纱窗，

páng biān zuò gè qiǎo gū niang
旁边坐个巧姑娘。

zāi huā bú yòng ní hé tǔ
栽花不用泥和土，

yǎng yú bú yòng shuǐ hé gāng
养鱼不用水和缸。

（打一手工艺品）

xiǎo xiǎo yì jiān fáng　　yǒu mén méi yǒu chuāng
小小一间房，有门没有窗。

tiān tiān sòng kè rén　　shàng shàng xià xià máng
天天送客人，上上下下忙。

（打一生活设施）

智慧魔方大挑战

shēn chuān hóng yī shang
身穿红衣裳，
cháng nián bǎ shào fàng
常年把哨放。
yí dàn chū xiǎn qíng
一旦出险情，
gǎn xiàng huǒ hǎi chuǎng
敢向火海闯。

（打一消防用品）

xiàng pí guǎn guà ěr shang
橡皮管挂耳上，

xiǎo yuán kuài tiē xīn fáng
小圆块贴心房。

tā néng gào su bái ā yí
它能告诉白阿姨，

xīn zàng tiào de zěn me yàng
心脏跳得怎么样。

（打一医用器具）

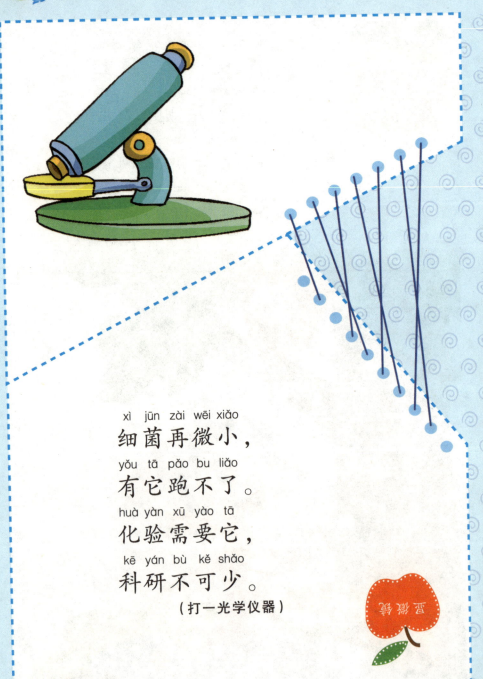

xì jūn zài wēi xiǎo
细菌再微小，
yǒu tā pǎo bu liǎo
有它跑不了。
huà yàn xū yào tā
化验需要它，
kē yán bù kě shǎo
科研不可少。

（打一光学仪器）

镜微显

yuán yuán shēn zi jiān jiān tóu
圆圆身子尖尖头，
tuī tā pì gu kǒu shuǐ liú
推它屁股口水流。
tā zài shēn shang yǎo yì kǒu
它在身上咬一口，
shā miè bìng dú hé xì jūn
杀灭病毒和细菌。

（打一医用器具）

āo tū bō li yǒu jǐ piàn
凹凸玻璃有几片，

zhuāng zài tǒng li jǐn xiāng lián
装在筒里紧相连。

yuǎn fāng mù biāo yǒu dòng jìng
远方目标有动静，

wàng qù yóu rú zài yǎn qián
望去犹如在眼前。

（打一光学仪器）

tā men tóng zú xiōng dì
它们同族兄弟，

pái háng bù fēn xiān hòu
排行不分先后。

yào wèn nǎ lǐ zuì duō
要问哪里最多，

shuǐ guǒ shū cài cāo mǐ
水果蔬菜糙米。

（打一类药品）

xiǎo xiǎo gǒng qiáo　　xǐ huan gōng yāo
小小拱桥，喜欢弓腰。

yì qún bǎo bao　　pái duì guò qiáo
一群宝宝，排队过桥。

shàng qiáo màn zǒu　　hū xiào xià qiáo
上桥慢走，呼啸下桥。

guò le gǒng qiáo　　zài lái shàng qiáo
过了拱桥，再来上桥。

（打一运动器械）

最劲爆的谜语

yì pǐ mǎ liǎng rén qí
一匹马，两人骑。
zhè tóu gāo lái nà tóu dī
这头高来那头低。

（打一运动器械）

shēn cháng qī cùn
身 长 七 寸，
jiān tóu hēi xīn
尖 头 黑 心 。
zǒu de wān qū lù
走 的 弯 曲 路，
bù bù yǒu jiǎo yìn
步 步 有 脚 印 。

（打一学习用品）

谜底：铅笔

cǎi zhǐ wá wa　　zhú tiáo lái zhā
彩纸娃娃，竹条来扎。

yǒu yú yǒu niǎo　　dài zhe wěi bā
有鱼有鸟，带着尾巴。

fēi shàng lán tiān　　xī xī hā hā
飞上蓝天，嘻嘻哈哈。

zhuài zhuai xiàn shéng　　jiào tā huí jiā
拽拽线绳，叫它回家。

（打一玩具）

chà zǐ yān hóng xiān huā kāi
姹紫嫣红鲜花开，
měi féng jiā jié fàng guāng cǎi
每逢佳节放光彩。
bǎi huā yuán zhōng xún bú dào
百花园中寻不到，
jiǔ tiān xiān nǚ sǎ xià lái
九天仙女撒下来。
（打一节日用品）

yí gè wá wa chuān hóng ǎo
一个娃娃穿红袄，
xiǎo xiǎo biàn zi shū hǎo le
小小辫子梳好了。
xǐ qìng jié rì yì lái dào
喜庆节日一来到，
biàn zi diǎn shàng xiǎo huǒ miáo
辫子点上小火苗，
pēng pēng pēng tā jiù bào
砰砰砰，它就爆！
（打一节日用品）

yàn zi běi fēi qù
燕子北飞去，
cǎo mù huàn xīn lǜ
草木换新绿。
yì nián fēn sì jì
一年分四季，
tā zǒng pái dì yī
它总排第一。
（打一季节）

shuǐ zhōng duǒ duǒ hé huā kāi
水中朵朵荷花开，
nóng mín bó bo máng shōu mài
农民伯伯忙收麦。
yì nián sì jì shǔ tā rè
一年四季属它热，
chū mén yào bǎ cǎo mào dài
出门要把草帽戴。
（打一季节）

shù yè luò，jú huā huáng
树叶落，菊花黄，

yì nián sì jì shǔ tā máng
一年四季属它忙。

máng wán shōu gē yòu máng zhòng
忙完收割又忙种，

yí pài fēng shōu hǎo jǐng xiàng
一派丰收好景象。

（打一季节）

běi fēng chuī　xuě huā piāo
北风吹，雪花飘，

dī shuǐ chéng bīng dòng shǒu jiǎo
滴水成冰冻手脚。

yì nián sì jì tā zuì lěng
一年四季它最冷，

lù shang xíng rén chuān mián ǎo
路上行人穿棉袄。

（打一季节）

shù mù lián chéng piàn
树木连成片，

lǜ yīn zhē zhù tiān
绿荫遮住天。

niǎo shòu zhè lǐ zhù
鸟兽这里住，

kōng qì duō xīn xiān
空气多新鲜。

（打一自然景物）

yuǎn wàng hǎo xiàng lǜ hǎi yáng
远望好像绿海洋，
fēng er chuī guò qǐ bō làng
风儿吹过起波浪。
zhè lǐ méi yǒu yú hé xiā
这里没有鱼和虾，
niú yáng chéng qún mǎ er zhuàng
牛羊成群马儿 壮。

(打一地貌)

草原

yì rén zhàn zài tián zhōng yāng　　bù chī bù hē bù dā qiāng
一人站在田中央，不吃不喝不搭腔。
kuáng fēng bào yǔ dōu bú pà　　sān fú tiān qì shài tài yáng
狂风暴雨都不怕，三伏天气晒太阳。

（打一农田标识）

最劲爆的谜语

cǎi sè qiáo ér kōng zhōng guà
彩 色 桥 儿 空 中 挂，

qiáo tóu qiáo wěi bú jiàn lā
桥 头 桥 尾 不 见 啦！

chì chéng huáng lǜ qīng lán zǐ
赤 橙 黄 绿 青 蓝 紫，

qíng tiān bù chū yǔ hòu huà
晴 天 不 出 雨 后 画。

（打一自然资源）

谜底

ní   tǔ   duī
泥土堆，

shí tou lěi
石头垒，

gāo sǒng rù yún fēng jǐng měi
高耸入云风景美。

（打一自然物）

lǜ bù shān　huáng mǎ guà
绿布衫，黄马褂，

wàn bān bǎo wù huái zhōng cáng
万般宝物怀中藏。

niú qīn tā　yáng wěn tā
牛亲它，羊吻它，

wàn lèi shēng wù quán kào tā
万类生物全靠它。

（打一自然物）

xī rì suí fēng dào chù pǎo
昔日随风到处跑，

luò tuó zuò zhōu hé shí liǎo
骆驼做舟何时了。

shàng miàn bù néng jiàn lóu fáng
上面不能建楼房，

cǎo mù ān jiā jiù biàn hǎo
草木安家就变好。

（打一地貌）

bái lóng cháng cháng méi zhǎng yǎn
白龙长长没长眼，
chuān guò gāo shān kuà cǎo yuán
穿过高山跨草原。
yóu gāo wǎng dī bú zhù jiǎo
由高往低不住脚，
zhòu yè bēn pǎo bù tíng xián
昼夜奔跑不停闲。

（打一自然物）

shēn shān xiá gǔ tā wéi jiā
深山峡谷它为家，

tiān hàn dì gān tā cháng liú
天旱地干它常流。

rén yǐn yì kǒu tòu xīn liáng
人饮一口透心凉，

zhuāng jia hē le lǜ yóu yóu
庄稼喝了绿油油。

（打一自然物）

wú fēng bù kāi
无风不开，
yǒu fēng huā kāi
有风花开。
gāng kāi biàn luò
刚开便落，
luò le yòu kāi
落了又开。

（打一自然物）

wú fēng xiàng miàn jìng zi
无风像面镜子，

luò yǔ mǎn liǎn má zi
落雨满脸麻子，

tiān rè huái bào yā zi
天热怀抱鸭子，

tiān lěng gài shàng bèi zi
天冷盖上被子。

（打一自然物）

wú yān wú huǒ wú rén zhǔ
无烟无火无人煮，

cháng nián nuǎn shuǐ bù tíng liú
常 年 暖 水 不 停 流，

hán lái shǔ wǎng tā bú biàn
寒 来 暑 往 它 不 变，

zhì bìng bǎo jiàn lè yán nián
治 病 保 健 乐 延 年。

（打一自然物）

qīng shān shuō rén yǔ
青山说人语，

shén xiān tīng jiàn jué de guài
神仙听见觉得怪。

nǐ ruò shì hǎn tā
你若是喊它，

tā yě xué nǐ lái hǎn huà
它也学你来喊话。

（打一自然现象）

shuō tā dà lái wú xiàn dà
说它大来无限大，

xīng chén rì yuè quán róng nà
星辰日月全容纳。

wú rén zhī tā shǐ hé zhōng
无人知它始和终，

yě wú zuǒ yòu hé shàng xià
也无左右和上下。

（打一天文学术语）

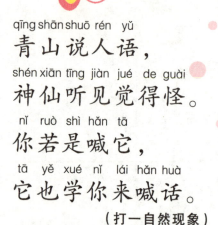

yì tiáo dà yú yóu shuǐ zhōng
一条大鱼游水中，

shēn bù zhǎng lín pī tiě jiǎ
身不长麟披铁甲。

yǎn jing zhǎng zài jí bèi shang
眼睛长在脊背上，

hǎi shàng qiáng dào zuì pà tā
海上强盗最怕它。

（打一交通工具）

bù xíng chuán què jiào hé
不行船，却叫河，

méi yǒu shuǐ fàn yín bō
没有水，泛银波，

hé shēn cháng cháng lián guǎng yǔ
河身长长连广宇，

qiàn mǎn xīng dǒu wú shù kē
嵌满星斗无数颗。

（打一星系）

qīng qīng shí bǎn
青青石板,

shí bǎn qīng qīng
石板青青,

qīng shí bǎn shang dìng yín dīng
青石板上钉银钉。

（打一自然物）

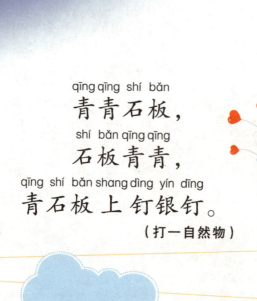

lǎo gōng gong　　liǎn er hóng
老公公，脸儿红，

tiān tiān cóng dōng zǒu dào xī
天天从东走到西。

yì shēn guāng máng míng yòu liàng
一身光芒明又亮，

zhào yào dà dì liàng táng táng
照耀大地亮堂堂，

huā cǎo shù mù xǐ yáng yáng
花草树木喜洋洋。

（打一天体）

xiǎo gū niang   huì biàn liǎn
小姑娘，会变脸，
yì tiān biàn chū yí gè yàng
一天变出一个样：
chū yī xiàng zhī jiān jiān chuán
初一像只尖尖船，
shí wǔ xiàng gè yuán yù pán
十五像个圆玉盘。
yè wǎn zuò zài shù shāo shang
夜晚坐在树梢上，
biàn huàn liǎn er lái zhào liàng
变换脸儿来照亮。

（打一天体）

最劲爆的谜语

shén me qiú　　yuán liū liū
什么球，圆溜溜，

bēi zhe gāo shān yǔ hé liú
背着高山与河流。

shén me qiú　　yuán liū liū
什么球，圆溜溜，

zhòng zhe zhuāng jia gài zhe lóu
种着庄稼盖着楼。

（打一天体）

地球

qiān kē xīng　　wàn kē xīng
千颗星，万颗星，

mǎn tiān xīng dǒu tā　zuì míng
满天星斗它最明。

yǒu tā gěi nǐ zhǐ fāng xiang
有它给你指方向，

yè　li xíng chuán bú yòng dēng
夜里行船不用灯。

（打一天体）

xiǎo xiǎo chuán ér dà mèng xiǎng
小 小 船 儿 大 梦 想，
bú rù shuǐ miàn chōng tiān shàng
不 入 水 面 冲 天 上。
fēi jìn yǔ zhòu dà hǎi yáng
飞 进 宇 宙 大 海 洋，
áo yóu yì juàn huí gù xiāng
遨 游 一 圈 回 故 乡。

（打一航天工具）

宇宙飞船

xiàng mián tuán　　xiàng bái shā
像棉团，像白纱，

fú zài kōng zhōng huì biàn huà
浮在空中会变化。

biàn xiǎo tù　　biàn fēi mǎ
变小兔，变飞马，

dà fēng hū hū chuī lái la
大风呼呼吹来啦，

shōu qǐ mó shù huí le jiā
收起魔术回了家。

（打一自然现象）

mō bu zháo　kàn bu dào
摸不着，看不到，
méi yán sè　méi wèi dào
没颜色，没味道。
shēng mìng shì jiè shì gè bǎo
生命世界是个宝，
yì shí yí kè shǎo bu liǎo
一时一刻少不了。

（打一自然现象）

kàn bu jiàn　mō bu zháo
看不见，摸不着，

shì jiè gè dì dào chù pǎo
世界各地到处跑。

pǎo dào xiāng xiāng qīng cǎo dì
跑到香香青草地，

xiǎo cǎo kàn dào wān wan yāo
小草看到弯弯腰，

huā er jiàn tā tiào wǔ dǎo
花儿见它跳舞蹈。

(打一自然现象)

zhuàn zhóu shēn tǐ luó xuán mào
转 轴 身 体 螺 旋 帽，
xíng zǒu yōng zhe huáng tǔ nào
行 走 拥 着 黄 土 闹，
juǎn zhe shù yè fēi shàng tiān
卷 着 树 叶 飞 上 天，
píng dì xiǎng léi cháng hū xiào
平 地 响 雷 长 呼 啸。

（打一自然现象）

lǎo gōng gong　　pí qi xiōng
老公公，脾气凶，

dà hǒu yì shēng hōng lōng lōng
大吼一声轰隆隆。

shēng yīn xiàng shì qiāo dà gǔ
声音像是敲大鼓，

zhèn de yǔ diǎn kōng zhōng kū
震得雨点空中哭。

（打一自然现象）

xiǎo shuǐ zhū　　biān xiàng liàn
小水珠，编项链，

biān chū xiàng liàn yí chuàn chuàn
编出项链一串串。

sǎ xià xiàng liàn sòng dà dì
洒下项链送大地，

dà dì biàn de gèng měi lì
大地变得更美丽。

（打一自然现象）

yì tiáo cǎi dài guà tiān biān
一条彩带挂天边，
xíng sè gè yì wàn wàn qiān
形色各异万万千。
gū niang jiàn le kōng xǐ huan
姑娘见了空喜欢，
bù néng jiǎn lái zuò yī shān
不能剪来做衣衫。
（打一自然物）

yǒu chéng bù néng qù lǚ yóu
有城不能去旅游,
yǒu lóu bù néng jìn qù zhù
有楼不能进去住;
huàn xiàn hǎi shang bàn kōng zhōng
幻现海上半空中,
bú yòng néng gōng qiǎo jiàng xiū
不用能工巧匠修。

(打一自然现象)

xiǎo xiǎo huā er liù gè bàn
小小花儿六个瓣,
zhǐ néng guān shǎng bù néng zāi
只能观赏不能栽。
dōng tiān běi fēng yì chuī guò
冬天北风一吹过,
jiù cóng tiān kōng piāo xia lai
就从天空飘下来。
（打一自然现象）

北垚

yǒu yǎn kàn bu jiàn
有眼看不见，
yǒu kǒu bù shuō huà
有口不说话。
zhǎng de bái yòu pàng
长得白又胖，
zuì pà jiàn yáng guāng
最怕见阳光。
（打一景物）

丫雪

xià tiān qiáo bu jiàn
夏天瞧不见，
dōng tiān cái chū xiàn
冬天才出现。
dào guà shuǐ jīng kuài
倒挂水晶筷，
shēng gēn zài wū yán
生根在屋檐。

（打一自然现象）

kàn shang qu liàng jīng jīng
看上去亮晶晶，

mō shang qu lěng bīng bīng
摸上去冷冰冰，

zǒu shang qu huá liū liū
走上去滑溜溜，

pèng shang qu shuǐ lín lín
碰上去水淋淋。

（打一自然现象）

qīng qīng chǔ chǔ yì fú huà
清清楚楚一幅画，

yǒu shù yǒu cǎo yě yǒu huā
有树有草也有花；

bié chù huā cǎo zhèng zhe zāi
别处花草正着栽，

cǐ chù huā cǎo tóu cháo xià
此处花草头朝下。

（打一自然现象）

绘图

huā er hóng tóng tóng
花儿红彤彤，

kāi zài guō dǐ xia
开在锅底下。

bù néng bèi shuǐ jiāo
不能被水浇，

bù néng yòng shǒu zhuā
不能用手抓。

（打一自然现象）

tiān yàng dà
天样大，

dì yàng kuò
地样阔，

jiàn fèng xì
见缝隙，

biàn zuān guò
便钻过。

（打一自然现象）

yuán yuán yì zhāng bǐng
圆圆一张饼，
hēi gǒu lái chī tā
黑狗来吃它。
chī de tiān xià yí piàn hēi
吃得天下一片黑，
zuì hòu hái shì chī bu xià
最后还是吃不下。
（打一自然现象）

sān gè wá wa yǎn jing dà
三个娃娃眼睛大，

zhàn zài mǎ lù zhǎ ya zhǎ
站在马路眨呀眨。

hóng huáng lù yǎn jing liàng
红黄绿，眼睛亮，

zhǐ huī jiāo tōng tā bāng máng
指挥交通它帮忙。

（打一公共设施）

最劲爆的谜语

xiǎo shì bīng zhàn lù biān
小士兵，站路边，
bú dài qiāng dài dēng zhǎn
不带枪，带灯盏。
bái tiān xiū xi bì shàng yǎn
白天休息闭上眼，
wǎn shang zhàn gǎng lái zhí bān
晚上站岗来值班。

（打一公共设施）

dà guài wu wū wū jiào
大 怪 物 ，呜 呜 叫 ，

lún zi duō de bù dé liǎo
轮 子 多 得 不 得 了 。

bú ài mǎ lù ài guǐ dào
不 爱 马 路 爱 轨 道 ，

tiě guǐ shàng tou kuài kuài pǎo
铁 轨 上 头 快 快 跑 。

zhuāng zǎi kè rén qù lǚ xíng
装 载 客 人 去 旅 行 ，

dōng xī nán běi nǎ dōu dào
东 西 南 北 哪 都 到 ！

(打一交通工具)

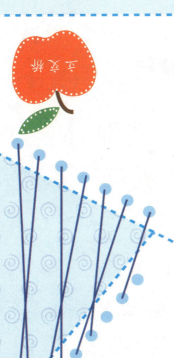

shuǐ li kàn shì yí gè dòng
水里看是一个洞，

àn shang kàn shì yì zhāng gōng
岸上看是一张弓。

shēn bēi qiān jīn bú pà lèi
身背千斤不怕累，

hé xī lì kè dào hé dōng
河西立刻到河东。

（打一交通设施）

tiān shàng yì zhī niǎo
天 上 一 只 鸟，

tóu dà wěi ba xiǎo
头 大 尾 巴 小。

sān zhī chì bǎng tuán tuán zhuàn
三 只 翅 膀 团 团 转，

yòu huì fēi lái yòu néng pǎo
又 会 飞 来 又 能 跑。

（打一交通工具）

直升机

chéng zhe fēng　　tǐng zhe xiōng
乘着风，挺着胸，
gǔ zú yǒng qì xiàng qián chōng
鼓足勇气向前冲。
biān zǒu biān yào kàn tiān qì
边走边要看天气，
fēng bú shùn lái bó shuǐ zhōng
风不顺来泊水中。

（打一交通工具）

méi shǒu yě méi jiǎo
没手也没脚，

ài zài hǎi shang piāo
爱在海上漂。

lā xiǎng xiǎo qì dí
拉响小汽笛，

làng huā gǔn yòu tiào
浪花滚又跳，

kè rén shàng àn liao
客人上岸了。

（打一交通工具）

liǎng shéng jì kuài bǎn
两绳系块板，
wán shuǎ zài zhōng jiān
玩耍在中间。
dàng lái yòu dàng qù
荡来又荡去，
piāo piāo sì shén xiān
飘飘似神仙。

（打一运动器械）

xiǎo tiě lú   zhēn shi hǎo
小铁驴，真是好，

jì bù tī   yě bù yǎo
既不踢，也不咬，

pì gu hòu tou zhí mào yān
屁股后头直冒烟，

yì biān jiào lái   yì biān pǎo
一边叫来一边跑。

（打一交通工具）

自行车

liǎng gè lún zi yì qǐ zhuàn
两个轮子一起转，
liǎng zhī jiǎo yā yì qǐ kāi
两只脚丫一起开。
xiǎo xiǎo chē zi bù jiā yóu
小小车子不加油，
qí shàng mǎ lù pǎo de kuài
骑上马路跑得快。

（打一交通工具）

yí miàn míng jìng dà
一面明镜大，
qiàn zài cóng shān wā
嵌在丛山洼。
yù fáng tiān dǎo luàn
预防天捣乱，
hàn lào hù zhuāng jia
旱涝护庄稼。
（打一水利设施）

yì tiān guò qù
一 天 过 去 ，

tuō jiàn yī shang
脱 件 衣 裳 ，

yì nián guò qù
一 年 过 去 ，

quán shēn guāng guāng
全 身 光 光 。

（打一印刷品）

chū shēng zài gōng chǎng
出生在工厂，
wài hào shòu dà wáng
外号兽大王，
yá chǐ lì yòu kuài
牙齿利又快，
yǎo tiě yòu duàn gāng
咬铁又断钢。

（打一工具）

shí gē ge　　shā dì di
石哥哥，沙弟弟，

dōu shì tā de hǎo xiōng dì
都是它的好兄弟。

zhǐ yào gē rèn hē zú shuǐ
只要哥仁喝足水，

xiāng qīn xiāng ài bù fēn lí
相亲相爱不分离。

（打一建筑材料）

zuǐ ba zhǎng de dà yòu qí

嘴巴长得大又奇，

xǐ hǎo tiāo shí ài chī ní

喜好挑食爱吃泥，

yì kǒu néng tūn jǐ chē tǔ

一口能吞几车土，

yì tiān kěn chū yì tiáo qú

一天啃出一条渠。

（打一机械）

hǎi wài lái le jǐ dì xiong
海外来了几弟兄，

xiàng mào míng zi gè bù tóng
相貌名字各不同。

bù fēn dà gē hé xiǎo dì
不分大哥和小弟，

suàn qǐ shù lai dōu yǒu yòng
算起数来都有用。

（打一数学符号）

智慧魔方大挑战

yùn dòng chǎng shang yǒu zuò qiáo
运动场 上有座桥，

qiáo miàn zhǎi zhǎi mù yì tiáo
桥面窄窄木一条。

nǐ yào cóng zhè qiáo shang guò
你要从这桥上过，

zhǎng wò píng wěn hěn zhòng yào
掌握平稳很重要。

（打一体育器械）

最劲爆的谜语

shēn báo tǐ qīng bái jìng
身薄体轻白净，
zhōng guó gǔ dài fā míng
中国古代发明。
chuán bō wén huà zhī shi
传播文化知识，
shēn shòu rén lèi huān yíng
深受人类欢迎。
（打一文化用品）

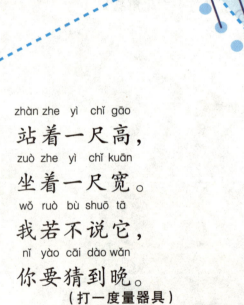

zhàn zhe yì chǐ gāo

站着一尺高，

zuò zhe yì chǐ kuān

坐着一尺宽。

wǒ ruò bù shuō tā

我若不说它，

nǐ yào cāi dào wǎn

你要猜到晚。

（打一度量器具）

谜底

kàn yě kàn bu dào
看也看不到，
mō yě mō bu zháo
摸也摸不着，
děng dào liū zǒu le
等到溜走了，
zài yě zhuō bu dào
再也捉不到。

（打一事物）

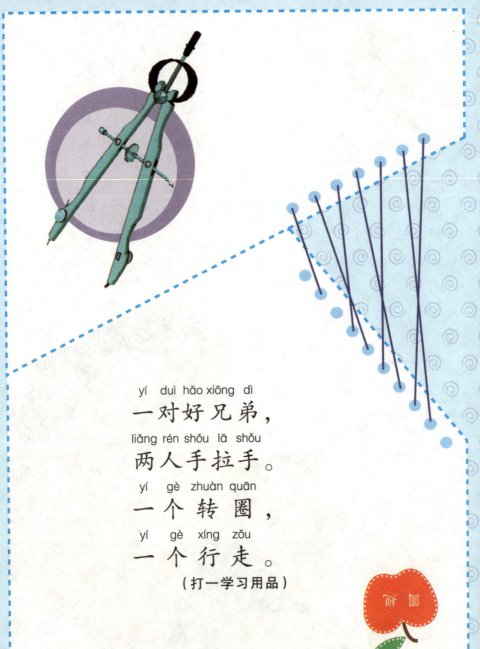

yí duì hǎo xiōng dì
一对好兄弟，

liǎng rén shǒu lā shǒu
两人手拉手。

yí gè zhuàn quān
一个转圈，

yí gè xíng zǒu
一个行走。

（打一学习用品）

xiàng táng bú shì táng
像糖不是糖，
bù néng yòng kǒu cháng
不能用口尝。
bāng nǐ gǎi cuò zì
帮你改错字，
zhǐ shang lái huí máng
纸上来回忙。
（打一学习用品）

yì pái xiǎo wá wa
一 排 小 娃 娃，

chuān zhe huā guà gua
穿 着 花 褂 褂，

wǔ yán liù sè ài huà huà
五 颜 六 色 爱 画 画，

jiāo gè péng you xiǎo huà jiā
交 个 朋 友 小 画 家。

（打一学习用品）

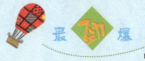

xiǎo ǎi rén
小矮人，

hún shēn bái
浑身白，

hēi dì shàng miàn zǒu
黑地上面走，

yuè zǒu shēn yuè ǎi
越走身越矮。

（打一学习用品）

bàn cùn xiǎo ǎi rén
半寸小矮人，

yǒu míng yòu yǒu xìng
有名又有姓。

zhòng dà wèn tí chū
重大问题出，

qǐng tā lái zuò zhèng
请它来作证。

（打一文化用品）

yǒu hòu yòu yǒu báo
有厚又有薄，

yǒu cháng yòu yǒu fāng
有长又有方。

dǎ kāi kàn yi kàn
打开看一看，

zhī shi lǐ miàn cáng
知识里面藏。

（打一学习用品）

zài jiā qīng qīng bái bái
在家清清白白，
chū mén liǎn shang huà zhuāng
出门脸上化妆。
zǒu guò qiān shān wàn shuǐ
走过千山万水，
pōu kāi dù zǐ shuō huà
剖开肚子说话。
（打一通讯用品）

lǎo shī bù shuō huà
老师不说话，
dù lǐ xué wen dà
肚里学问大。
nǐ ruò bù shí zì
你若不识字，
kě qù qǐng jiào tā
可去请教它。
（打一学习工具书）

yǒu wèi cái zǐ bù shuō huà
有位才子不说话，

mǎn fù wén zì hé tú huà
满腹文字和图画。

wú lùn tiān xià dà xiǎo shì
无论天下大小事，

yào zhī xiáng qíng kě wèn tā
要知详情可问它。

（打一印刷品）

tā yí jù wǒ yí jù
它一句，我一句，

tā shuō qiān bǎi jù
它说千百句，

wǒ yě shuō qiān bǎi jù
我也说千百句。

wǒ shuō de jiù shì tā shuō de
我说的，就是它说的。

(打一学习活动)

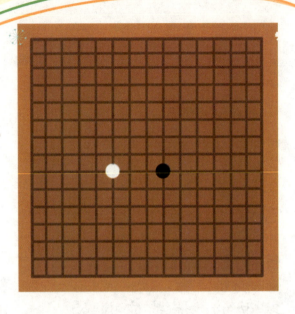

zhàn chǎng chù chù shì xiàn jǐng

战 场 处 处 是 陷 阱，

liǎng jūn bīng mǎ luàn le yíng

两 军 兵 马 乱 了 营。

hēi bīng yào bǎ bái yíng zhàn

黑 兵 要 把 白 营 占，

bái bīng yào bǎ hēi yíng gōng

白 兵 要 把 黑 营 攻。

（打一棋类）

谜底

sì sì fāng fāng yí zuò chéng
四四方方一座城，

chéng li bīng mǎ nào hōng hōng
城里兵马闹哄哄，

bīng duì bīng   jiàng duì jiàng
兵对兵，将对将，

bú dòng dāo qiāng dǎ yí zhàng
不动刀枪打一仗。

（打一棋类）

国际象棋

hēi hū hū qīng chu
黑糊糊清楚，
liàng táng táng mó hu
亮堂堂模糊。
huà yīn tīng de dào
话音听得到，
mō mo méi yǒu rén
摸摸没有人。
（打一艺术形式）

gē er liǎ　shuāng bāo tāi
哥儿俩，双胞胎，

zhù yì qǐ　bù fēn kāi
住一起，不分开。

bú jiàn miàn　bù shuō huà
不见面，不说话，

yí jiàn miàn　jiù dǎ jià
一见面，就打架。

（打一乐器）

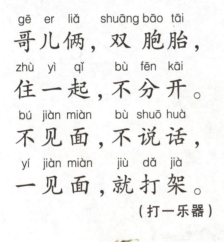

yí gè pàng wá wa　　liǎng rén hé tā shuǎ
一个胖娃娃，两人和它耍。

pǎo dào shuí gēn qián　　zhào tóu dǎ yí xià
跑到谁跟前，照头打一下。

（打一体育用品）

liǎn pí hòu　　dù zi kōng
脸皮厚，肚子空，

dǎ tā sān chuí zi　　tā jiào tòng tòng tòng
打它三锤子，它叫痛痛痛。

（打一乐器）

hóng de guā　lǜ de guā
红的瓜，绿的瓜，

yì tiáo hóng xiàn qiān zhe tā
一条红线牵着它。

xiàn er duàn le guā bú luò
线儿断了瓜不落，

fēi shàng lán tiān bù huí jiā
飞上蓝天不回家。

（打一玩具）

最劲爆的谜语

yí gè dà lián peng
一个大莲蓬，
dào guà zài tiān kōng
倒挂在天空。
lián peng luò le dì
莲蓬落了地，
tiào chū yì yīng xióng
跳出一英雄。

（打一航空用具）

降落伞

yí gè xiǎo wá wa
一个小娃娃，

shēn tǐ yuán liū liū
身体圆溜溜。

nǐ tī tā jiù pǎo
你踢它就跑，

nǐ dǎ tā jiù tiào
你打它就跳。

（打一玩具）

mù tou wá wa zhēn bù shǎo
木头娃娃真不少，

yǒu fāng yǒu yuán yǒu sān jiǎo
有方有圆有三角。

pīn pīn bǎi bǎi fàng yí kuài
拼拼摆摆放一块，

néng dā gāo lóu zào gǒng qiáo
能搭高楼造拱桥。

（打一玩具）

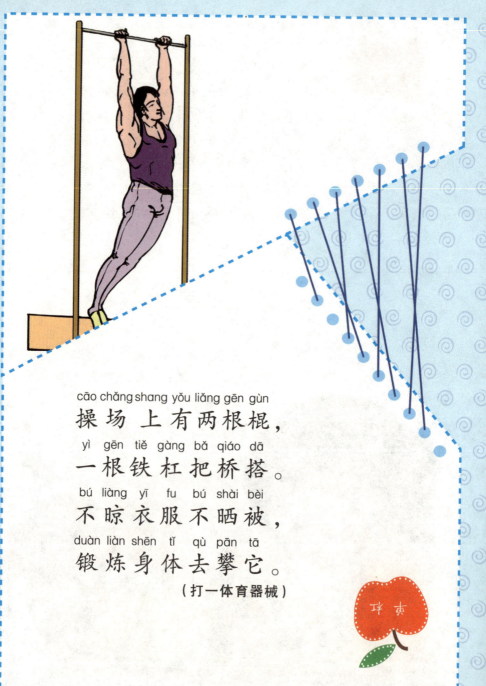

cāo chǎng shang yǒu liǎng gēn gùn
操场 上有两根棍，

yì gēn tiě gàng bǎ qiáo dā
一根铁杠把桥搭。

bú liàng yī fu bú shài bèi
不晾衣服不晒被，

duàn liàn shēn tǐ qù pān tā
锻炼身体去攀它。

（打一体育器械）

shì mǎ bù chī cǎo
是马不吃草,
yǒu tuǐ bù zǒu dào
有腿不走道。
zhǐ néng àn zhe wán
只能按着玩,
bù néng qí zhe pǎo
不能骑着跑。

（打一体育器械）

liǎng bǎ jiān dāo
两把尖刀，
bù qiē shū cài
不切蔬菜。
shuāng jiǎo yì dēng
双脚一蹬，
pǎo de fēi kuài
跑得飞快。
（打一体育用品）

shì qiú què xiàng bǐng
是球却像饼，
bù dǎ tā bù zǒu
不打它不走。
tiān shēng bú pà hán
天生不怕寒，
yì shēng jiù ài bīng
一生就爱冰。

（打一体育用品）

dà pì gu
大屁股，

xiǎo nǎo dai
小脑袋。

dǎ tā zhuàn de kuài
打它转得快，

bù dǎ tíng xià lái
不打停下来。

（打一玩具）

shuāng shǒu yáo a yáo
双 手 摇 啊 摇，
liǎng jiǎo tiào a tiào
两 脚 跳 啊 跳 。
zuān guò chéng mén kǒu
钻 过 城 门 口，
kuà guò xì suǒ qiáo
跨 过 细 索 桥 。

（打一体育用品）

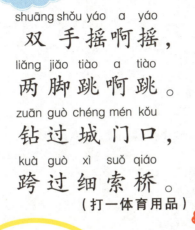

图书在版编目（CIP）数据

最劲爆的谜语／崔钟雷主编. -- 北京：知识出版社，2014.10
（智慧魔方大挑战）
ISBN 978-7-5015-8246-4

Ⅰ. ①最… Ⅱ. ①崔… Ⅲ. ①谜语 - 中国 - 少儿读物
Ⅳ. ①I277.8

中国版本图书馆 CIP 数据核字(2014)第 225300 号

智慧魔方大挑战——最劲爆的谜语

出 版 人	姜钦云	
责任编辑	周玄	
装帧设计	稻草人工作室 	
出版发行	知识出版社	
地　　址	北京市西城区阜成门北大街 17 号	
邮　　编	100037	
电　　话	010-88390659	
印　　刷	北京一鑫印务有限责任公司	
开　　本	889mm×1194mm　1/16	
印　　张	8	
字　　数	40 千字	
版　　次	2014 年 10 月第 1 版	
印　　次	2020 年 2 月第 3 次印刷	
书　　号	ISBN 978-7-5015-8246-4	
定　　价	28.00 元	